KB209056

나는
쓰는 사람이
되기로 했다

초록 윤정화

작은거인 김미현

작가의 말

초록 윤정화

글쓰기 수업에 오신 분들을 보면 생각합니다.
멀리 있는 무지개 같은 꿈을 손에 쥐어주고 싶다고.
작고 소중한 책을 들고 웃는 모습을 상상합니다.

함께하는 글쓰기에는 힘이 있습니다.
하지만 책을 보고 글을 쓰는 건 누구도 대신 해줄 수 없습니다.

늘 부족하다 하면서도 글쓰기를 포기하지 않은
작은거인 님과 함께 할 수 있어 행복했습니다.
함께 글쓰는 시간 안에서 저도 한 뼘 성장했습니다.

막연한 꿈 앞에서 주저하는 분들과 또 만나길 기대합니다.
시작해서 쓰다 보면 책이 될 수 있다는 것을 보여주고 싶습니다.
함께하는 글쓰기로
세상을 아름답게 할 수 있기를 소망합니다.

작은거인 김미현

아주 평범한 내세울 것 없는 제가 책을 내다니,
아직도 믿기지 않습니다.

흠이 가득한 글을 세상에 내놓으려니 부끄럽기도 합니다.
한 문장을 쓰기 위해 수백 번 생각하고, 지우고 수정했습니다.

부족한 글이지만 계속 쓸 수 있도록 끝까지 이끌어주신
초록작가님께 진심으로 감사드립니다.

글을 쓰면서 과거로의 여행을 통해
잊고 있던 소중한 것들을 다시 만날 수 있었습니다.
그래서 앞으로 더 깊게, 짙게 인생을 살 수 있을 것 같습니다.

글쓰기를 응원해준 나의 가족들,
'작가'라고 불러주며 격려해준
남편과 아이들에게 고마움을 전합니다.

차례

Part 1 쓰는 사람이 되고 싶다

초록

작은거인

Part 2 쓰면서 기억하고 글로 남긴 이야기

초록

작은거인

PART 1.

쓰는 사람이 되고 싶다

매일 읽고 쓰는 사람

초록

쓰다 보면 알게 된다.
계속 읽고 쓰는 힘이 중요하다는 것을.

시를 쓰는 마음

매일 시를 한 편씩 읽고 한 편의 시를 쓴다.

매일 한 편의 시 쓰기
혼자도 할 수 있겠지만 해야만 하는 이유를 만들고
함께 쓰는 에너지를 받기 위해 모임에 참여하고 있다.
크든 작든 무언가를 꾸준히 한다는 건 쉽지 않은 일이다.

어느 날은 비교적 쉽게 시를 쓰는 날도 있지만
어떤 날은 아무것도 떠오르지 않아서 힘들 때도 있다.
하루 종일 생각하다가
표현하고 싶은 단어와 문장을 찾아서
시로 빚었을 때의 기쁨이라니.

돈 버는 방법도 아니고,
배워서 써 먹는 자격증 공부도 아니기에
아무 쓸모없는 일로 여겨질 수도 있겠다.
하지만 시를 읽고 쓰는 건 그 자체만으로도 휴식이 된다.

마음이 복잡할 때면 시를 읽는다.
간결한 시는 마음속에 퐁당퐁당 돌을 던진다.
돌이 마음에 남아 생각나기도 하고
돌이 만든 파문으로 마음이 일렁이기도 한다.

서둘러 걷거나 빨리 뛰느라 미처 보지 못했던
마음을 들여다보기도 한다.

오늘도 시를 쓰면서 마음에 쉼표를 찍는다.

딸에게

언젠가 누군가를 사랑하게 될 때가 있을 거다
그 때 꼭 기억하렴
사랑은 동전의 양면처럼
아름다운 축복이기도
슬프도록 무섭기도 하다는 걸

네가 양보하고 참아도
힘든 사랑을 하게 될 때가 있을 거다
그 때 꼭 기억하렴
모든 것이었던 사랑이 끝나도
다음에 또 다른 사랑이 오고
때로는 뒤에 온 사랑이
더 좋을 수도 있다는 걸

그 때 꼭 기억하렴
어떠한 경우라도 너를 망가뜨리면서까지
지켜야 할 사랑은 없다는 걸

이 세상에서 가장 소중한 건
너 자신이라는 걸

애벌레의 시간

어느 날, 글쓰기를 시작했다.

일상의 어떤 사건에서 무언가 정리되지 않은 것들이
계속 떠오르고 가라앉았다.
머릿속에 떠다니는 것들을 붙잡아 쓰면서
부옇게 보이지 않던 것들이 선명해지는 느낌이었다.
글로 쓰다 보니 알게 되었다.

그렇게 쓴 글을 문학상 공모전에 제출했다.

몇 달이 지난 어느날 오후
신인상에 당선되었다는 연락을 받았다.
당선 소식은 글쓰기를 망설였던 나에게 용기를 주었다.

나는 쓰는 사람이 되기로 했다.
하고 싶은 이야기를 쓰기 시작했다.
글쓰기는 누구나 할 수 있으니까.

정리되지 않는 것들을 글로 써서 보면
눈에 보이니까 정리할 수 있었다.
왜 속상했는지, 불안했는지,
내가 원하는 게 무엇인지 마주할 수 있었다.

그림책을 좋아해서
그림책 심리지도사 자격증 공부를 시작했고
좋은 그림책들을 보면서
그림책에 대한 글을 쓰고 싶다고 생각했다.

좋은 그림책들이 많지만
그 중에서도 나에게 위로와 감동을 준
인생그림책에 대해 글을 써 보고 싶었다,
그림책으로 연결되어 만나게 된
소중한 인연들을 떠올리고
그 분들의 인생그림책도 알고 싶었다.

그림책을 소개하고 그림책에 대한 생각,
이 책이 왜 인생그림책인지
글을 쓰기 시작했다.
제목은 「그래서, 인생그림책」

문화재단에서 진행하는 예술지원사업에 선정되어
책의 인쇄,출간까지 진행할 수 있었다.
책을 기획하고 글을 쓰기 시작하면서부터
나 자신과의 싸움이 계속되었다.

그림책을 좋아하고
그림책으로 모임도 했고 특강도 해왔지만
그림책을 읽고 글을 쓰는 건 조금 다른 문제였다.
책의 내용은 어느 정도까지 쓰는 게 좋을지,
개인적인 생각은 얼마나 쓰는 게 좋을지
결정하기 어려웠다.

고민하면서 20권 정도의 그림책을 선정하고
그림책을 읽고 또 읽었다.
읽고 쓰고 읽고 쓰고 그렇게 하나 둘씩 글이 쌓였다.
문제는 어제 쓴 글을 다시 읽어보면 이상했고

오늘 쓰고 있는 글은 내일 보면 이상할 거라는 생각에
자신감이 떨어졌다.
일주일 전에 쓴 글을 다시 읽어 보면
깜짝 놀랄 만큼 이상한 문장들이 많았다.

나는 글을 못 쓰는 사람이었구나.
끝까지 해낼 수 있을까? 지금이라도 포기할까?
매일 수없이 고민하고 괴로워했다.
그렇게 답 없는 질문들과 나 자신과 싸우면서
뜨거운 여름을 보냈다.

아침부터 늦은 오후까지,
글이 써지든 안 써지든 키보드 앞에 앉아 씨름하면서
에어컨도 없는 방에서 땀 뻘뻘 흘리며 글을 썼다.
몸을 써서 힘든 일을 하는 것도 아닌데
하루 종일 글을 쓰고 나면 진이 빠졌다.

가만히 앉아 글만 쓰는데 이렇게 힘들 일인지
모든 에너지가 빠져나가서
저녁이면 종이인형처럼 쓰러질 것 같았다.

「그래서, 인생그림책」
책은 인쇄되어 만들어졌고 세상에 나왔다.
누군가는 그 책을 읽고 그림책에 관심이 생겼다고 했고
누군가는 공감해주었고 위로가 되었다고 했다.

글은 내가 썼지만 그 글을 해석하고 받아들이는 것은
오롯이 읽는 사람의 몫이었다.

누군가 읽고 작은 위로를 받을 수 있다면
그렇게 마음에 가닿을 수 있다면
그것만으로도 행복한 일이다.

「그래서, 인생그림책」은 그림책에 대한 글이기도 하지만
그림책에서 내가 받은 위로와 인생에 대한 글이다.

속에 있는 것들을 꺼내 글을 쓰면서
부끄럽지만 나를 들여다보았고
글을 수정하고 또 수정하면서
조금은 달라진 나를 느낄 수 있었다.

글쓰기는 나에게 애벌레의 시간이다.
안에 있는 것을 꺼내 다듬다 보면
나비가 될 수도 있는 글을 만들 수 있을 테니까.

모든 글이 내게서 나와 나비가 되지는 않겠지만
글쓰기에 그만큼 시간을 들이고 노력하고 싶다.
그래서 나는 오늘도 글을 쓰고 있고 계속 쓰려고 한다.

좋아하는 것들을 하며 나이 든다는 것

시간이 빨리 흐르기를 기도한 적이 있다.
앞이 캄캄했던 서른 즈음이었다.
지나고 나니 비바람 치던 장마였다.
오랜 장마와 비바람으로 상처 난 곳도 있다.

하지만 시간이 지나면서
깊은 웅덩이처럼 고여 있던 물도 마른 땅이 되었다.
가끔 눌러보면 찔끔찔끔 검은 물이 나올 때도 있지만
평소에는 마른 땅처럼 보인다.

정해진 순서대로 오는 계절처럼,
가끔은 변덕스러운 날씨처럼,
비가 오기도 하고, 맑은 날도 있다.
그렇게 이십년이 지났다.

하루하루 많은 날이 쌓여 지난 시간이지만
어떻게 생각해보면 눈 깜짝할 사이에 지난 시간이다.
어제도, 오늘도 열심히 살았고 내일도 열심히 살겠지만
이렇게 보내는 날들도 금세 지나갈 것이다.
그러다 보면 또 한 번 느끼게 되겠지.
이십년이 금방 지났구나.

일흔 살이 된 나는 어떨까?
내가 겪은 것만으로 판단하지 않고
오랫동안 굳어진 생각으로
다른 것을 틀렸다 말하지 않도록,
딱딱하지 않은 일흔 살이 되고 싶다.
읽고 싶은 책도 많고, 하고 싶은 것도 많고
잘 웃고 재치 넘치는 재미있는 할머니 말이다.

흐르는 시간 안에서 어떤 것은 떠나고,
어떤 것은 잃어버리겠지만
어떤 것은 남고, 어떤 것은 얻기도 하겠지.
영원한 관계도 없고, 모든 건 변하겠지만
그 안에서 기쁨을 나누고 순간에 충실하고 싶다.
남들보다 돈이 많고 여유가 있어

물질적으로 풍족하게 잘 사는 게 아니라
선한 가치를 나누며 잘 살고 싶다.
그러려면 우선 나부터 잘 돌보아야 한다는 것을 안다.

내가 어떤 사람인지,
어떤 마음으로 살고 있는지 알아야 한다.
정답을 알 수 없는 인생에 끊임없이 질문하면서
좋아하는 것을 하다 보면
함께 하는 사람들을 만나고
때로는 뜻밖의 결과가 나올 때도 있을 것이다.

시행착오나, 실패는 있겠지만
모든 과정에서 배우는 건 분명 있을 테니까.
그게 무엇이든
'꾸준히 즐겁게 하다 보면 뭐라도 되겠지'라는
생각으로 과정을 즐기고 싶다.

글을 쓰는 것도, 그림을 그리는 것도,
힘들고 의미 없게 느껴지는 날도 있지만
언젠가 더 좋은 글을,
좋은 책을 낼 거라는 생각으로 계속 하고 싶다.

작년 여름
에어컨도 없는 방에서
더위를 견디며 글을 썼던 내 모습은
힘들기도 했지만 행복한 기억이다.
내가 좋아하는 일에 노력하는 시간이었으니까.

그렇게 좋아하는 것들을 즐기고
매일 읽고 쓰면서
오늘보다 더 나은 내일을 맞이하는 사람으로
나이 들고 싶다.

그냥 하자, 그냥 쓰자

"누군가는 단순히 지루한 시간의 공백을 이겨보려고,
  보고서 잘 써서 상사에게 예쁨받는 신입이 되고 싶어서,
  커가는 아이들의 성장 과정을 간직하기 위해,
  아픈 시간을 극복하고 자신을 더욱 사랑하고자.
  어쨌든 글쓰기는
  제각각의 이유로 개개인의 삶을 구원한다."
「글쓰기가 필요하지 않은 인생은 없다」는 책에서
김애리 작가가 한 말이다.

각자의 이유로 마음먹고 시작한 글쓰기는
쓰면 쓸수록 얻는 것이 더 많다.
무슨 일이든 그렇겠지만
마음을 먹는 것 만으로도 반은 시작한 것과 같다.
마음먹기가 힘들지 시작하면 하게 되기 때문이다.

쓰지 않으면 알 수 없는 마음을 정리할 수도 있고
쓰는 것 만으로도 기록의 의미가 있다.

혼자 글쓰기를 시작할 수도 있지만
관심 있는 사람들과 함께 하면 더 좋다.
매일 매일 글쓰기를 인증할 수도 있고
과제를 함께 하며 같은 주제에 대해 글쓰기를 할 수도 있다.

같은 단어, 같은 주제라도
사람마다 경험과 생각이 다르기 때문에
전혀 다른 글이 나온다.

내가 쓴 글의 의도가 읽는 이에게 잘 전달되었는지,
다른 사람은 어떤 단어와 표현을 쓰는지도
함께 쓰면서 알 수 있다.

내가 생각지도 못했던 부분을
기쁘게 표현하는 사람이 있고
무심코 지나치는 일상의 순간순간을
자세하게 표현하는 사람도 있다.

사람에게서 배울 점이 있듯 글에서도 배울 점이 있다.
함께 쓰기의 좋은 점이다.

나를 힘들게 했던 일을 써도 좋고,
나를 기쁘게 하는 것들을 써도 좋다.
가슴 아픈 상처도 덮어두기만 하는 것보다
들여다보며 글로 쓰면 치유에 도움이 된다.

일상 속에서 내가 어떤 순간에 기뻐하는지,
글을 쓰며 발견할 수도 있다.

어떤 인생이든 사연이 있고
그것만으로도 충분히 가치가 있다.
지난 이야기를 써도 좋고
앞으로 이루고 싶은 이야기도 좋다.

뭐라도 써 보자.
좋은 문장으로 좋은 글을 쓰는 건 두 번째 문제다.

그냥 하자. 그냥 쓰자.
아무것도 하지 않으면 아무 일도 일어나지 않는다.

나의 작은 숲, 글쓰기

다니던 회사를 그만두고
출근하지 않아도 되는 월요일을 맞이한 날,
아침 일찍 파주 출판도시에 있는 영화관을 찾았다.
그때쯤 개봉한 영화 중에서 보고 싶은 영화가 있어서
친한 교회동생에게 영화를 보여주기로 했기 때문이다.

영화시작 시간이 되어 영화관에 들어서자마자
우리를 기다리고 있는 건 아무도 없는 텅 빈 영화관이었다.
덕분에 교회동생에게
"널 위해 언니가 준비했어."라며 너스레를 떨 수 있었다.

아무도 없는 영화관의 불이 꺼지고 영화가 시작되었다.
영화는 어릴 때 살던 시골 마을 집에
혼자 돌아온 주인공의 이야기였다.

빈집에 돌아온 주인공은 배추밭에서 가져 온 배춧잎으로
된장국과 배추전을 만들어 먹는다.
배추를 써는 소리, 국을 끓이는 소리.
커다란 화면을 가득 채운 도마와 배추, 칼질하는 소리가
눈과 귀를 편안하게 해주었다.
영화는 겨울에서 시작해서 봄,여름,가을 풍경과
주인공이 계절마다 해 먹는 요리를 보여준다.

봄향기 가득한 아카시아 꽃 튀김을 해 먹고
여름의 별미, 시원한 콩국수를 만들고
가을에는 감을 깎아 줄줄이 매달아 곶감을 만든다.

서울 생활에 지친 주인공은 고향인 빈 집에 돌아왔던 건데
엄마가 했던 이야기를 기억한다.
"힘들 때마다 이 집의 흙과 바람, 햇볕을 기억한다면
언제든 다시 털고 일어날 수 있을 거라는 걸 엄마는 믿어."

태풍에 애써 농사지은 농작물이 피해를 입고
열심히 노력하며 준비한 시험에서 떨어지고
사랑했던 사람과 헤어져도
친구와 한 잔 하는 기쁨도 있고

가족과 마주하며 위로받기도 한다.

겨울이 지나면 봄이 오고,

여름이 지나면 서늘한 가을이 온다.

겨울이 춥고 힘들어 죽을 것 같아도 어느 샌가 봄이 오고

푹푹 찌는 여름의 더위도 결국 지나간다.

영화 보는 내내,

사계절 속의 우리들 모습과 계절이 지나가고

시간이 흐르는 모습을 아름다운 장면으로 볼 수 있었다.

쓰는 사람이 되기로 했고

그렇게 시작한 나의 글쓰기도

영화처럼 사계절 속에서

작은 숲이 되었으면 좋겠다.

소중한 관계와 감사한 것들,

계절이 주는 아름다움을 잘 담아내고 싶다.

소박한 제철음식을 먹듯이

작은 행복을 나누는 마음도 담고 싶다.

작은 숲에는
크고 작은 따뜻한 이야기와 풀숲이 있어서
힘들 때마다 기억하면
다시 털고 일어날 수 있는 힘을
누군가에게 줄 수 있었으면 좋겠다.

행복을 쓰는 사람

작은거인

쓰다 보니 '잘 쓰는 사람'이 되는 일은 다른 문제였다.
그래도 끝까지 쓰는 사람이 되고 싶었다.
이제는 잘 쓰는 사람이 되고 싶다.

시를 쓰는 지금 이순간

글쓰기를 하면서 혼자 카페에 가는 일이 잦아졌다.
나만의 여유를 즐길 수도 있으며
집중 할 수 있는 장소이기 때문이다.
노트북을 챙겨들고 가벼운 발걸음으로 집을 나선다.
가을은 모든 날이 아름다운 것 같다.
거리의 소음도 배경음악처럼 들려오는 날이다.
카페에 가까워질수록 커피향이 코를 자극한다.
문을 열고 들어가니
많은 사람들이 자리를 잡고 앉아 있다.
주문하는 줄도 꽤 길다.

아이스 아메리카노 한잔을 주문하고, 자리를 잡고,
노트북을 꺼내 화면을 켠다.
글을 쓰기 위한 준비는 끝났다.

커피 한 모금을 마신다.
시원한 청량감에 쓴맛의 깊이와 풍미가 매력적이다.
주말, 노트북, 커피, 여유가 좋다.
흐르는 음악은 편안한 분위기를 만들어 준다.

글쓰기 수업의 이번 주 과제가 시를 쓰는 것이다.
이번에는 글감을 찾느라 고민하지 않았다.
카페 안의 사람들, 다양한 표정들,
테이블마다 보이는 컵에 담긴 음료는
충분한 소재가 되었다.

커피를 마시며 사색에 잠기는 시간이
영감의 원천이 되었다.

커피

아침의 시작을 주문했다.
스며드는 한 모금의 쓴맛
잔속에 담긴 꿈의 조각들을 마시며
단맛을 찾아 세상 속 소음으로 들어간다.

마음의 여유를 주문한 어느 날
고요한 순간 따사로운 햇살
커피의 온기로
시간을 멈춘 듯 순간을 느끼며
행복을 누리는 사치를 부렸다.

삶의 작은 기적을 주문한 걸까?
뜨거운 증기에 실려 오는 위로
검은색의 깊이,
짙지만 은은한 향기
한 잔의 마법

생각을 정리하고,
감정을 정리하고,
나를 일으켜 세웠다.

쓰다 보니 알게 되는 것들

언젠가 책을 출간하고 싶다는 꿈 하나가 있었다.
글을 쓰고 싶다는 소망은 살아있었고
이루어질 것 같은 선명한 꿈이었다.
살다 보니 점점 '내가 뭐라고, 내가 어떻게?'로
바뀌어갔고 흐릿해져 갔다.

아이들이 크면서 나의 시간이 생겼고,
책을 읽기 시작했다.
책을 더 많이 읽어보려는 목적으로 독서모임을 찾다가
책을 출간한다는 제목에 이끌렸다.
글쓰기 수업에서 작가님을 만나면서
흐릿해져 가던 꿈은
이룰 수 있겠다는 확신으로 바뀌었고
지금 그 길의 여정을 함께 하고 있다.

나는 책을 많이 읽은 것도, 학벌이 대단히 높지도 않다.
그런 내가 현재 글을 쓰고 있는 것이
그저 신기할 따름이다.

"우리는 완벽한 글을 쓸 수 없어요.
그러니 뭐라도 쓰세요!"라고 말한
작가님의 한마디는 나에게 용기를 주었다.
단어를 수집하고 문장을 수집해가며
부족한 나를 채워가는 중이다.

라디오 사연, 드라마 대사까지 허투루 듣지 않으려 노력한다.
글 모으기를 하며 여기저기 기록으로 남기고
다시 읽어보고 필사도 한다.

쓰기 위해 글을 모으다 보니
'아름다운 글이 이렇게 많았나! 어쩜 이런 표현을 하지'라며
쓰는 사람들의 생각의 깊이를 느낀다.
쓰는 사람 마음으로 들여다보니
글자 하나 하나가, 사물 하나 하나가 다르게 보인다.
차를 운전하면서도 기억의 조각들,
추억의 조각들을 꺼내보려 애쓴다.

평범한 일상에서도 글감을 발견하면
머릿속에선 이미 작가로 글을 쓰고 있다.
내 모습이 웃기다고 생각할 때도 있다.
그렇지만 글 쓰는 시간은
내 마음 구석구석에 설렘의 파동을 일으킨다.

그런데 막상 글을 쓰려고 노트북을 켜면 써지지가 않는다.
노트북 위 손은 정지 상태이고,
눈은 흰 배경의 모니터만 응시한 체 한참을 생각만 한다.
마치 고요한 숲속에서 길을 잃고 서 있는 느낌이다.

분명 머릿속에 글을 썼고 이렇게 써야지 했는데
생각을 글로 옮길 수 없다.
어떤 날은 술술 써지기도,
또 어떤 날엔 한 글자도 적지 못한 날도 있다.
말과 생각을 글로 옮기는 일은 보통 어려운 일이 아니다.

쓰면 쓸수록 어렵다.
글에 나를 얼마나 담아야 할까?
모르는 사람들이 나의 이야기에 귀를 기울일까?
그래도 계속 쓰다 보니 알게 되는 것들이 있다.

내 마음이 하고 싶은 말들이 있었고,
내 기억의 조각들에서
그때는 알지 못했던 귀한 감정들을 들여다볼 수 있었다.
쓰면서 바뀌는 관점의 다양화도 경험하고 있다.

읽으며 얻은 소중한 것들, 글의 힘도 알게 되었다.
책을 읽으며 기준을 잡아갔고, 위로와 힘을 얻었다.
지혜도 빌렸고, 내면의 성숙함을 채웠다.
잃어버렸던 희미한 꿈은 선명해지고 있다.

세상에는 수많은 글과 그 글을 쓰는 사람들이 존재한다.
그 속에서 나의 존재는 모래알처럼 작고 보잘것없다.
하지만 모래가 모여 큰 사막이 되고 해변을 이룬다.

내가 쓰는 한 줄의 글이 누군가에게 위로가 되고,
공감을 불러 일으킨다면 더없이 뿌듯할 것 같다.
나의 보통날을 특별한 순간으로 남기기 위해 필요한 건
시작하는 용기와 쓰는 습관이다.

더 깊은 나의 내면과 마주하기 위해 더 많이 읽고,
매일 쓰자. 그냥 쓰자.

쓰는 사람이 되고 싶다

글쓰기를 시작한 지 5개월째다.
즐거움과 고통이 수반되는 여러 날을 보내며
삶의 변화를 경험하고 있다.
글감을 찾기 위해 추억과 기억을 꺼내느라
생각에 잠기는 시간이 많아졌다.

과거의 나를 마주하다 보니
새삼 느껴지는 다른 관점과 감정들이 떠오른다.
기억의 저편에서 나는 여동생에게
유독 차갑고 날카로운 모습으로 다가갔던 것 같다.

연년생이라서 더 그랬던 걸까?
언니로 대접받기를 바랐는지 까불기라도 하면
나의 혀는 서슬 퍼런 무기가 되었다.

머리채를 잡고 싸운 적은 없지만
갈등의 씨앗을 마음 깊숙이 품고 살았다.
시간을 거슬러 보니 나의 차가운 반응은
사실 별거 아닌 일들을 크게 만든 것일 뿐이었다.
좀 더 따뜻하게 감싸주었더라면 좋았을 텐데
후회가 밀려온다.

남편과의 부부 싸움도
사실 별거 아닌 일이었는데 왜 그랬는지.
아이들의 크고 작은 사고로 생긴 흉터들을 마주하니
가슴이 미어진다.

부모님의 소중한 마음,
가족들과 함께 했던 무수한 경험들,
송두리째 지우고 싶은 어느 하루,
뼈까지 아프게 했던 주고받은 말들,
받기만 한 귀한 사랑,
전하지 못한 마음,
불편한 진실까지.
희미해진 기억 속에서 잊힌 감정들과 재회하고,
숨겨진 의미를 찾을 수 있는 귀한 시간을 만나고 있다.

기억의 재생이 즐거운 일이지만
그것을 글로 옮기는 건 어려운 것 같다.
생각하는 대로 의미가 전달되는지,
몇 문장 쓰지도 않았는데 시간은 한참이 흘러있다.

문장력의 한계를 느끼면서
책을 좀 더 많이 읽을걸, 후회가 밀려온다.
어쩌면 부족한 지식과 어휘력이 드러나고 있음이
더 힘들게 하는 지도 모르겠다.

기분 내키는 대로 열심히만 쓴다고 되는 게 아닌 것 같다.
하루 한 줄을 쓰더라도 일기랑은 또 다른 것 같다.
누군가가 읽는다는 것에 대한 부담감과
내 글에 대한 창피함도 있다.
잘 하고 싶은 욕심이 많아서일까?

완벽한 글을 쓸 수 없다는 것을 알면서도
욕심을 부리는 나의 내면과 싸운다.
그런데 그 욕심이 싫지만은 않다.
단순한 일상이 다채로운 빛깔로 다가온다.
사소한 대화마저 글의 소재가 될 수 있겠다 생각한다.

글쓰기는 내면의 소리에 귀 기울이는 소중한 시간이다.
아직 모든 걸 글로 쓸 수 있는 능력도 부족하지만,
글쓰기는 나의 삶을 깊고 풍요롭게 만들어 주고 있다.
부족한 실력이지만 계속해서 쓰는 사람이 되고 싶다.

끈을 놓지 않으면 언젠가는

나는 시골에서 태어나고 자랐다.
내가 살던 곳은 초등학교와 중학교를 가려면
배를 타고 가야 하는 곳이었다.
시골엔 책도 부족했고
공부를 하기에도 좋은 환경이 아니었다.
그런 곳에 살고 있었던 나에게
세계명작동화 전집과 편지가 소포로 왔다.
서울에 사는 작은 고모가 보낸 것이다.

그 책들은 나를 다른 세계로 이끌어주는 마법의 열쇠 같았다.
나는 그 책들을 실밥이 뜯어질 정도로 읽었고,
잘 읽었다며 고모에게 편지를 써서 보내곤 했다.
고모는 중학교 시절에도 나에게 편지를 보내 주셨다.

그 시절엔 소포가 오면 학교에서 방송을 했고,
교무실에 가서 찾아야 했다.
그 방송은 모든 아이들을 설레게 했다.
무슨 소포인지 전교생이 궁금해할 정도로
관심을 갖는 정도였다.

고모는 나에게 그런 기쁨을 주기 위해
학교로 책과 편지를 보내주셨다.
고모 덕분에 시골에서도 귀한 책들을 읽을 수 있었고,
많은 편지를 주고받으며 문학소녀의 감성을 키워갔다.

편지 쓰기를 좋아했던 나는 중고등학교 시절에도
초등학교 선생님과 여러 통의 편지를 주고 받았다.
학교에서 쓰게 한 위문편지에 감동을 받은 군인 아저씨는
나에게 편지로 연락을 해도 되겠냐고 물었다.
그렇게 우리는 꽤 자주 편지를 주고받으며
소통의 즐거움을 나누었다.

나에겐 일기장도 많다.
중고등학생 때에도 꾸준히 일기를 썼고,
어른이 된 후에도 일기 쓰기는 계속되었다.

매일 기록하는 것은 아니지만,
제법 많은 양의 다이어리가 쌓여있다.
엄마가 되어서는 육아일기를 쓰기 시작했다.
감정이 격해지는 순간에는
글로 소통하는 법을 자주 이용했다.

삶의 깊이를 더해가는 중년이 되어서는
감사 일기를 쓰며 살고 있다.
지금은 책을 읽으며 필사도 한다.

모든 것이 쓰는 과정이었다.
쓰는 생활의 끈을 부여잡고,
책을 읽으며 꾸었던 꿈 중 하나가
책을 출간하는 것이었다.

그리고 지금,
나는 그 꿈을 이루기 위해 책을 쓰고 있다.
쓰기는 나에게 단순한 취미가 아니라
삶의 한 부분이며, 나를 표현하는 방법이 되었다.

이렇게 글쓰기의 여정을 통해

나의 내면과 세상과 소통하며 작가의 꿈을 이루고 있다.

끈을 놓지 않으면

언젠가는 이루어질 것이다.

스물둘의 마음 마흔둘의 시작

딸아이를 학원 앞에 내려주고 오는 길이었다.
워킹맘인 내게 출근을 하지 않는 주말은
약간의 여유가 생긴다.
집으로 돌아올 땐 좋아하는 노래도 듣고,
스치듯 보아온 주변의 소소한 것들을 여유롭게 바라본다.

도로에서 신호 대기를 하고 있을 때였다.
잎이 무성한 나무들은 사라지고
앙상한 가지만 남은 나무들이 눈에 들어왔다.
무성한 잎들은 화려하게 물들어
모든 이의 마음을 사로잡았었다.

그게 며칠 전이었는데
지금은 창백한 나무로 쓸쓸함만 남았다.

아직은 햇살을 맞고 있지만
창백한 가을 끝자락의 나무는 볼품이 없었다.
그러고 보니 달력은 이제 달랑 한 장 남아있다.
또 한 살 나이를 먹는다는 것에 정신이 번쩍 들었고,
집에 들어와 다이어리를 펼쳤다.

1월에 적은 나의 계획들이 눈에 들어온다.
허무하게도 이룬 것이 없었다.
매일 열심히 살겠다고 다짐하지만
인생은 생각처럼 쉽게 흘러가지 않는다.
나도 길가의 나무처럼 전성기를 살았던 때가 있었는데
어느덧 마흔 후반이다.

20대였을 땐 별처럼 빛날 줄,
내가 원하는 삶을 살 줄 알았다.
인생이 꽃길인 줄만 알았다.
결혼을 하고, 애들 키우고, 살림하고 일하며
현실과 타협하느라 꿈 따윈 생각도 할 수 없었다.

분주히 살다보니 이십 년이 지났고,
흰머리 새치가 생긴 중년이 되었다.

나의 손길이 닿지 않아도 될 만큼 자란
아이들의 공백으로 허무함을 느꼈다.

그러던 어느 날, 책에서 이 글을 보았다.

'꿈은 다리가 없다.
당신이 앞으로 나아가야 한다.
꿈은 절대로 도망치지 않는다.
꿈은 다리가 없기 때문이다.
앞으로 나아가라.
한 걸음 한 걸음 끊임없이……'

「알면서도 알지 못하는 것들」 책에 나오는 한 구절이다.
이 글은 내 가슴속에 잠들어 있던
꿈을 깨우는 계기가 되었다.

그리고 마흔두 살의 나이에 다시 꿈을 꾸기 시작했다.
스물두 살엔 별빛 같은 꿈이었다면,
마흔두 살엔 나를 위한 현실적인 꿈이다.

그 꿈은 삶의 방향을 제시해주었다.

가정을 이루고 살다 보니 아이들의 문제,
경제적인 문제도 있고, 사회적 변화도 무시할 수 없다.
하지만 나이를 먹은 만큼 경험도 많이 했고,
경험에서 얻은 지혜도 생겼다.

욕심부리지 않게 작은 목표부터 세웠고,
나만의 속도로 꿈을 향해 나아가고 있다.
꿈을 품은 채
한 걸음 한 걸음 길을 가고 있지만 쉽지 않다.

시간은 왜 이리 빠른지
변화와 도전이 두렵기도 하다.
그럼에도 불구하고 새로운 다짐을 해본다.

겨울의 추위를 견디며
꽃피울 봄을 기대하는 나무처럼,
나도 꽃피울 꿈이 있기에
열정을 갖고 배움을 멈추지 않을 것이다.
마흔두 살에 꾸기 시작한 꿈은 여전히 진행 중이다.

PART 2.

쓰면서 기억하고 글로 남긴 이야기

매일 읽고 쓰는 사람

초록

작고 하찮은 것도
매일 똑같아 보이는 일상도
자기만의 시선으로 쓰면 글이 된다.
글은 기록으로 남아 삶이 된다.

한 때 아이였던 내가 잊어버린 것

여름에서 가을로 넘어가는 여름 끝자락쯤엔
아이들과 산책을 가곤 했다.

한 여름의 뜨거운 햇살이 아직 남아있긴 하지만
해가 지기 전쯤이면 제법 선선한 바람도 불고
설렁설렁 걸어 다니기 좋기 때문이다.
주변에 논, 밭이 많아서 그런 것인지,
동네에는 유독 잠자리가 많았다.

어떤 날은 아파트 베란다 방충망에
잠자리가 몇 마리씩 하루 종일 앉아 있을 때도 있었다.

동네 아파트 화단에도,
놀이터 주변 나무에도 잠자리가 많아서

동네 아이들은 남자아이들, 여자아이들 할 것 없이
잠자리채와 채집통을 들고 다니며
잠자리를 잡는 모습을 쉽게 볼 수 있었다.

내가 어렸을 때는 살금살금 다가가서
잠자리 날개를 엄지와 검지로
잡는 방법으로 잠자리를 잡았다.

어쨌든 잠자리를 잡으려면
잠자리가 앉아 있는 곳 주변으로 살금살금 다가가서
숨죽이며 민첩하게 손으로 잡아야 하는 기술이 필요했다.

요즘 잠자리들은 눈치가 빠른 것인지,
아니면 아이들이 잠자리 잡는 방법에
서툴러서 인지 모르겠지만,
손으로 잠자리를 잡는 아이들을 본 적이 없다.

남자아이들조차 손으로 잡기보다는
잠자리채로 휙 낚아채서
채집통 입구를 열고 채집통에 채워 넣기 바쁜 모습이다.

놀이터 의자에 앉아 있다 보면
채집통에 열댓 마리씩 잠자리를 채워 넣고는
전장에서 승리한 장군처럼
으스대는 남자아이들을 자주 볼 수 있었다.

그럴 때면 옆에 슬그머니 다가가서
"우와~잠자리 많이 잡았구나! 집에 가기 전에 잠자리들도
엄마 찾아갈 수 있게 집으로 보내주면 좋겠는데, 어때?"
하고 은근히 잠자리들을 놓아줄 것을 제안해보기도 한다.

어떤 남자아이들은 내 말을 듣고 채집통을 열어
잠자리들을 풀어주며 자유를 주기도 했다.
잠자리들이 채집통 안에서
날개를 부딪치며 파닥거리다가 죽어 가는데도
그 모습을 구경만 하고
끝까지 놓아주지 않는 아이들도 많았다.

시대가 변해도 아이들의 순수함은 여전하다고 하지만
요즘 아이들은 작은 생명체에 대한 마음이
예전 같지는 않은 듯하다.
흔하고 흔한 잠자리일 뿐이지만

잠자리를 너무 많이 잡아서 그냥 죽어가게 두는 것도
그리 보기 좋은 일은 아니었다.

어느 날, 큰 아이가
잡은 잠자리 세 마리 중에서 두 마리는 날려보내고
채집통에는 잠자리 한 마리만 남겨두겠다고 했다.

그 잠자리는 왜 놓아주지 않느냐고 물었더니
집에 가서 먹이를 주면서 키울거라고 했다.

잠자리를 키우긴 힘들다고
그냥 돌려보낼 것을 얘기했지만
키우겠다고 고집을 피우면서
결국 채집통에 잠자리를 넣은 채로 집으로 돌아왔다.

저녁을 먹고 이것저것 하다 보니 밤이 되었고
베란다에 두었던 채집통을 보니
잠자리가 벌써 죽어있었다.

큰 아이는 죽은 잠자리를 보고
그야말로 대성통곡을 하고 울었다.

잠자리에게 먹이도 주지 못하고
돌보지 못한 미안함 때문이었을까?
아이는 쉽게 그치지 않는 울음에 눈이 퉁퉁 붓고
목소리가 안 나올 정도로 울었다.
잠자리 죽은 것에 대해
우는 것 치고는 너무 심하다 싶어서
아이에게 싫은 소리를 했다.

그러니 엄마 말대로
진작 잠자리를 놓아주었으면 좋았지 않았겠냐고.
이제 어쩔 수 없는 일이니 그만 울라고.
잠자리하나 죽은 걸 갖고 뭘 그리 슬프게 우냐고 말이다.

아이는 내 말을 듣고 더 서럽게 울었다.
잠자리의 죽음에
자기를 이해해주지 못하는 엄마에 대한 원망까지 더해져
더 큰 소리로 울었을 것이다.
그렇게 우는 아이를 달래면서
잠자리는 한 마리쯤 죽을 수도 있다고,
그렇지만 네가 그렇게 많이 우는 게 엄마는 싫다고.
이제 그만 울라고.

잠자리 한 마리 죽은 것이 그렇게 울 일이냐고,
어찌어찌 설득을 했고
아이는 이해를 했는지 못했는지
그 일은 그렇게 지나갔다.

그러다가 얼마 후에 친정에서
책장에 있던 오래된 책이며 노트를 정리하다가,
내가 초등학교 때 썼던 그림일기를 발견했다.

30년은 족히 넘었을 그림일기를
나도, 아이도 신기해하며 보던 중에
어느 날의 일기를 보고
아이와 내가 서로 쳐다보며 놀라는 일이 생겼다.

낡고 누렇게 변한 종이에 쓰인
그림과 글은 이런 내용이었다.

제목: 가엾은 잠자리
그제 잡은 잠자리가 죽었다.
난 불쌍했다.
그래서 눈물이 뚝뚝 떨어졌다.

아이는 그 일기를 보고
엄마도 잠자리가 죽었을 때 이렇게 울었으면서
왜 자기가 울 때는 그렇게 뭐라 했냐고 했다.
나는 전혀 기억에도 없는 일기 속 내용을 보고 놀랐다.

잠자리가 죽었다고, 눈물이 뚝뚝 떨어졌다니,
그깟 잠자리가 죽었는데
눈물이 뚝뚝 떨어졌다고 써둔 그림일기에는
슬픈 마음이 담겨있었다.

잠자리가 죽었다면서 눈물을 뚝뚝 흘렸다고?
아이에게 뭐라고 말해야 할지, 난감했다.
'아……그랬구나,
잠자리가 죽었다고 슬퍼서 눈물이 뚝뚝 떨어졌었네.
진짜 그런 일이 있었나 보네.'

잠자리 한 마리 죽었다고,
그게 그렇게 울 일이냐고 우는 아이를 탓했던 것과
어릴 때의 그 마음을 잊어버리고,
같이 공감해주지 못한 마음이 아이에게 내내 미안했다.

어쩌면 그렇게 다 잊어버린 걸까?
아이는 내가 지나온 나이를 그대로 지나면서
어쩌면 나도 겪었을 감정들을 느끼며,
슬퍼하고 기뻐할 텐데,
그럴 때 공감해주는 엄마가 되어주어야 할 텐데 말이다.

해마다 잠자리를 보면
서럽게 울었던 아이와
30년이 훨씬 지난 그때의 어린 내 모습이
떠올라 웃음이 난다.

특별할 것 없어 보이는 작은 것들

중학생들 글쓰기 수업을 할 때
아이들의 글은 두 종류였다.
너무 단순하거나 너무 꾸미거나.
미사여구를 쓰면 그럴듯해 보이는 문장이 된다.

하지만 의미를 알 수 없는 미사여구는
글의 뜻을 분산시켜 의미전달이 어려워진다.
글은 최대한 담백하게 써야 한다.
어렵게 쓰지 않고 미사여구로 치장하려 하지 않고.

책을 많이 읽었다고 하는 아이들은
어디서 본 듯한 멋진 단어를 사용해서
글에 잔뜩 힘을 준다.
책을 많이 읽지 않은 아이들은

줄임 말이나 인터넷 용어를 사용해서
글을 가볍게 만든다.

글을 쓸 때 사람들은
자신의 경험과 어휘력의 틀 안에서 쓰게 된다.
나이를 먹을 만큼 먹은 어른이
비속어와 인터넷 용어를 남발하며 글을 쓰면 어떨까?

아무리 잘 쓴 글이라 해도
읽기 좋은 글이 되진 않을 것이다.
학생인데 지나치게 멋들어진 어휘를 사용해서
글을 쓰는 것도 마찬가지다.

굳이 글 쓴 사람의 나이를 생각하지 않더라도
어려운 단어가 없으면서
짧은 문장으로 술술 읽히는 글이 좋은 글이다.

글쓰기 수업에 참여한 사람들이 하는 질문이 있다.
글쓰기 어려워요. 어떻게 하면 글을 잘 쓸 수 있나요?
그럴 때마다 내 대답은 항상 똑같다.

글 쓰는 건 저도 어려워요.
많이 읽고 많이 써 보세요.
단어를 수집해 보세요.
문장을 찾아 필사해 보세요.

사람들은 많은 단어를 알고 있다고 생각하지만
실제로 알고 있는 단어의 수가 생각보다 적다.
더구나 알고 있는 단어도 사용하지 않을 때가 많아서
실제로 사용하는 단어의 수는 더 적은 셈이다.

글을 쓸 때 나는 이 문장에 적절한 단어가 맞는지,
다른 단어를 넣어 보기도 하면서
하루 종일 한 단어로 고민하기도 한다.
세수를 하다가도 길을 걷다가도
그 문장을 떠올리면서 중얼거리고 또 고민한다.

많은 작가들이 쓴 좋은 책들은 얼마나 많은지,
서점이나 도서관에 갈 때마다
읽고 싶고 간직하고 싶은 책들이 많아 설레기도 한다.
마음에 드는 문장을 읽고 필사하고
사전에서 보물찾기하듯 단어들을 찾는다.

멋진 글, 근사한 글을 쓰고 싶지만
단어를 찾거나 문장을 보며 글짓기를 하는 건
글쓰기에 비해 하찮아 보이는 작업이다.
의미 없게 느껴지고 귀찮기도 하다.

하지만 쓰려면 읽어야 하고 읽기 위해서는
단어와 문장을 두고 고민하며
짧은 글을 써 보는 시간이 필요하다.

그 시간 안에서 아주 조금씩
글쓰기 실력이 좋아진다는 것을 경험했다.
이렇게 정직하고 사소한 마법의 힘을
경험하는 사람들이 많아지기를 바래본다.

오늘도 나는
귀찮지만 사전을 뒤적이고 책장을 넘기며 짧은 글을 쓴다.

단어 하나를 저장하고
좋은 문장을 찾아 써 본다.

새롭게 알게 된 단어가 아니라 해도
많은 단어 중에서 오늘 이 단어를 다시 보게 되어 좋다.

세상의 멋진 글들 중에서
오늘 내가 찾은 이 문장은
나만의 의미로 기억할 수 있어 좋다.

이렇게 특별할 것 없어 보이는 작은 것들이
글 쓰는 나를 만들고 성장하게 해준다.

그림책이 나에게 해준 말

매일 밤마다
아이에게 그림책을 읽어주곤 했다.
같은 책을 읽고 또 읽다 보면
아이는 어느 샌가 새근새근 잠이 들었다.
그림책을 들고 거실로 나와 다시 책장을 펼치면
가슴 속에서 뭔가 툭 하고 터질 것처럼 간질간질했다.

어른이 된 줄 알았던 나는
결혼하고 아이를 낳고 키우면서
내 안에 있던 어린아이를 만났다.
그 아이는 자주 나타나서
나를 화나게도 하고 답답하게도 만들었다.
엄마로서 잘해내고 싶고,
너그럽고 지혜로운 엄마가 되고 싶었는데 그러지 못했다.

그럴때면 내 안의 아이가 나타나서 화를 냈다.
'어릴 때 나는 이러지 않았는데
너는 왜 이렇게 나를 힘들게 하니?'

아이를 챙기느라 일에 집중하지 못하고
그렇다고 아이에게 잘하지도 못했다.
열 달 동안 입덧을 하며
오랜 진통 끝에 낳은 소중한 첫 아이였다.
그런 아이에게 좋은 엄마가 되지 못하니 미안하긴 한데
어째야 할지 모르겠다고
내 안의 아이는 울음을 참고 화만 내고 있었다.

그러다 어느 날,
아이에게 그림책을 읽어주고 난 뒤에,
가슴 속에 있던 것이 터져버렸다.
눈물이 흘러서 멈추지 않았다.

잘하려고만 하고 힘들다고 어디에 말 할 곳도 없이
참고만 있던 나는 그림책 안에서 내 모습을 보았다.

그림책이 나에게 말하고 있었다.

- 엄마도 엄마가 필요해. 너도 엄마가 된 게 처음이잖아.
아이랑 똑같이 동갑내기 엄마인거야.
그러니 너도 여섯 살 엄마 인거야.
너무 잘하려고 애쓰지 않아도,
완벽한 엄마가 되지 않아도 괜찮아. -

그림책이 나에게 해준 말대로
최선을 다하되 잘하려고
지나치게 애쓰지 않으려 했다.
일과 육아를 함께 하며
조급해지는 순간들은 있었지만
더 이상 자책하지 않았다.

완벽하게 계획하고 준비해도
아이는 틀에 맞춰 자라지 않으며
인생도 계획대로 되지 않는다는 것을 깨달았다.

그림책을 더 공부하고 싶다는 생각에
대학원에 갔고 늦은 공부를 시작했다.

회사일에 육아로 바쁜 시기였고 밤에 아이를 재우고

새벽 네 시에 일어나 공부했던 시간들은
힘들기도 했지만 재미있었다.

그림책 속의 주인공들을 만나고
그림을 보며 그 속에 담긴 재미와 감동에 푹 빠졌다.
그렇게 대학원 공부를 마치고 나서
그림책을 쓰고 그리게 되었다.

그림책심리지도사 공부를 하면서
그림책의 깊이에 대해서도 알게 되었다.
계속 그림책을 공부하면서
그림책으로 사람들을 만나고 있다.

나이가 들어도 사는 건 여전히 서툴고 어렵지만
인생의 가장 좋은 친구인 그림책이 내 곁에 있다.

그림책 친구가 해주는 위로에
오늘도 나는 힘을 내고, 울고 웃는다.

수영처럼 글쓰기도 그냥 시작했을 뿐

어릴 때 물에 빠진 경험이 있는 나는
어른이 되어서도 물을 무서워했다.
수영은 접근할 수 없는 다른 세계의 영역이었다.
하지만 언제까지 두려워하기만 할까
그냥 해보자 하는 생각에 수영강습을 신청했다.

수영을 하려면 수영강습을 신청하고
비용을 지불해야 한다.
강습을 신청했어도 빠지지 않고 가야한다.
몸이 찌뿌둥해서, 손목이 아파서,
날이 추워서 등등 빠지고 싶은 이유는 차고 넘친다.
그럼에도 짐을 챙겨서 나가야하고
번거롭지만 미리 샤워실에 들러야 한다.

수영을 배우려해도 바로 수영을 할 수는 없다.

우선 물에 뜨는 것부터 배워야하고,

발차기도 배워야 한다.

그런 작고 하찮아 보이는 것들을 해야

수영을 배울 수 있다.

하지만 물은 무서웠고

물에 뜨는 킥보드 없이 물에 들어갈 때면

잔뜩 긴장하곤 했다.

언제쯤 수영을 할 수 있을까?

길길이 멀어보여도 강습을 잘 들었다.

강사의 시범을 잘 보고 관찰했다.

조금이라도 더 잘하는 다른 사람들을 보고 따라했다.

그 외에 고수들의 영상을 보며 따라하고 연습했다.

연습하고 또 연습했다.

동작을 할 수 있는 이미지를 그리며 상상했다.

상상하고 직접 연습하다 보면

결국 상상은 현실이 되었다.

도저히 할 수 없을 것 같던 동작을 하며

수영을 할 수 있게 되었다.

그냥 이루어지는 것은 없다.

그렇게 자유형, 배영, 평영, 접영까지 하나씩 배웠다.
어느 날,
샤워실에서 모르는 사람이 웃으며 말을 걸어왔다.
"안녕하세요? 전 얼마 전에 수영 시작했는데요.
제 롤모델이세요. 정석대로 수영을 하시는 것 같아요.
언젠가 저도 그렇게 할 수 있겠죠?"
"네? 아직 저도 잘 못하는데요."
웃으며 어색한 인사를 나누었다.
물에 들어가는 것도 두려워하던 내가
누군가의 롤모델이라니.

물을 무서워해서 수영은 생각조차 하지 못했던 내가
수영을 할 수 있었던 건
그냥 시작했기 때문이었다.

여전히 물은 무섭지만
수영장에 가는 것도 귀찮지만
오늘도 가방을 챙겨 수영장으로 간다.
재미없고 힘든 발차기를 연습하고
찬물을 가르며 움직여본다.
수영선수가 될 건 아니지만

더 연습하고 싶고 잘 하고 싶다.

물에 들어가는 것도 무서워하던 내가

수영을 할 수 있다는 것이 좋고 신기하다.

수영을 마치고 나올 때면

힘들면서도 오늘의 수영을 잘 마쳤다는,

운동했다는 뿌듯한 즐거움도 있다.

수영처럼 글쓰기도 그냥 시작해야 한다.

마음속으로 생각만 하면 시작할 수 없다.

안되는 이유, 못하는 이유, 계속 하지 못할 이유는

차고 넘친다.

그럼에도 시작해야 할 수 있고

시작한다 해도 번거롭고 힘든 일들을 계속 해야 한다.

처음부터 멋진 글을 쓸 수 없다.

수영을 배우기 위해

물에 뜨는 것, 발차기를 수없이 연습해야 했던 것처럼

단어 공부도 해야 한다.

하나하나 찾아서 뜻도 알아야 하고

비슷한 단어, 느낌이 다른 단어도 알아야 한다.

책을 읽으며 좋은 문장도 찾아야 한다.

책으로 잘 정리된 지혜와 통찰력을
야금야금 흡수해야 한다.
많이 읽고 많이 생각하고 많이 쓰면서
계속 글 쓰는 모습을 상상한다.

상상하며 직접 행하다 보면
결국 상상하는 것들은 현실이 된다.
그냥 이루어지는 것은 없다.

되지도 않을 일에 애쓰는 것 같지만
결국 해내는 사람이 된다.
애쓰고 노력했던 경험치는 그대로 남는다.
많이 읽고 많이 생각하고 많이 쓰기는
어떤 식으로든 인생에 도움이 된다.

글을 쓰면 자신을 되돌아보고 삶을 고민하게 된다.
글을 수정하는 것처럼 살다보면
삶도 다듬어가며 잘 살 수 있지 않을까?

여전히 인생에는 정답이 없고
답을 알 수 없지만 나는 매일 읽고 쓴다.

수영처럼, 글쓰기처럼
그냥 시작해서 성장하는 기쁨을 누군가와 함께 하고 싶다.

이상한 사람들을 좋아하는 이유

길가에 있는
이름 모를 풀 이름을 궁금해 하는 사람들,
공원에 있는 나무를 만지며
이름을 불러주는 사람들,
아파트가 지어지느라 터전을 잃은
두루미들을 걱정하는 사람들,
쓰레기로 몸살을 앓고 있는 지구를 걱정하는 사람들.
생태변화 기후강사 공부를 하면서 만난 사람들이다.

무심코 그냥 지나쳤던 잡초에도
모두 이름이 있었다는 것을 공부하면서 알게 되었다.
사람들이 관심을 갖고 보지 않아도
각자의 자리에서 초록빛 싹을 틔우고 꽃을 피우고 있었다.

회색빛 시멘트 사이사이
매연 가득한 도로의 가로수 밑에서
냉이꽃과 민들레를 만나면
어찌나 반갑던지 쪼그리고 앉아
한참을 쳐다보며 사진을 찍었다.

같이 공부하는 쌤들과 길을 걸을 때면
배웠던 나무나 꽃을 찾느라
열 걸음도 채 가지 못하고 멈춰서서 이야기 꽃을 피웠다.
계란후라이를 닮은 개망초꽃,
작은 꽃잎을 가진 별꽃,
보라색이 예쁜 봄까치꽃,
노란색 꽃이 피는 애기똥풀,
화려한 참나리까지 주변에서 볼 수 있는 야생화가 많았다.
많은데 관심이 없으니 보이지 않았을 뿐이다.

하얗고 작은 냉이꽃은
어딜가나 쉽게 볼 수 있었는데
냉이꽃을 발견하고 만날 때마다 반가워서 소리를 질렀다.
"와! 냉이꽃이다."

어떤 분이 얼마 전 작고 귀여운 오목눈이 새를
직접 눈으로 보았다고 했다.
그 분의 눈빛이 반짝였다.
오목눈이 새는 흔히 뱁새라고 말하는 새인데
검고 작은 눈에 동글동글한 모습이라서 귀엽고 깜찍하다.
배우면서 사진으로만 보았기 때문에
직접 보고 싶어 하는 새였다.

그 귀여운 오목눈이 새를
동네에서 직접 보았다니.
얘기를 듣던 사람들은
'오목눈이 새를 직접 보다니 얼마나 좋았을까?'
부러운 눈빛으로 그 분의 이야기를 들었다.

생태, 환경공부를 같이 하는 사람들과
이야기 나누다 보면 시간 가는 줄 모른다.
비슷한 관심사, 가치관을 가진 사람들과의
대화에서 좋은 에너지를 받는다.

점점 심각해지는 환경문제,
우리가 할 수 있는 일들부터 해야 된다는 것,

기업과 사회에 목소리를 내는 것,
뜻을 같이 하는 사람들과 함께 하는 것,
사라지는 동식물에 대해 알고 보호하는 것,
우리는 늙고 죽으면 사라지겠지만
아이들이 살아갈 세상을 위해 뭐라도 해야 한다는 것.
이런 주제들에 대해
같이 생각하고 할 수 있는 것들을 이야기한다.

어떤 사람들은 아무 가치를 두지 않을 그런 이야기들.
돈 버는 방법도 아닌 그런 일에
관심을 갖고 공부하며 실천하는 사람들이다.

어쩌면 이상하다고 할 사람들. 그 사람들을 좋아한다.
그리고 그 사람들이 관심을 갖고
지키려고 하는 자연을, 환경을 나도 함께 지키고 싶다.

지구를 아껴야 된다고, 자연을 사랑해야 한다고 하면서
정작 자연에 대해 제대로 알려고 하지 않았다.

집 주변에 어떤 나무가 있는지,
계절마다 나무들은 어떻게 변하고 있는지,

아파트 화단에는 어떤 야생화가 있는지,
조금씩 사라지고 있는 동식물들은 어떤 것들이 있는지,
장을 보고 나면 쌓이는 비닐과 플라스틱을
어떻게 줄여야 할지 알고 실천하는 게 필요하다.

알려고 하지 않고 실천도 하지 않으면서
지구를 사랑한다는
거짓말을 하고 있진 않은지 생각하게 된다.

행복을 쓰는 사람

작은거인

내 안에 담을 수 있는 건 기억이었다.
기쁨도, 슬픔도, 고통도 다 나의 삶이다.
글로 남은 기억을 읽으며 힘을 얻고 싶다.

행복을 만나는 법

여느 때와 다름없는 하루를 보냈다.
열심히 일했고 퇴근 후 저녁으로 치킨을 먹었다.
학교와 학원을 다녀온 아이들과
도란도란 이야기를 하며 각자의 하루를 나누었다.
일상 속 순간을 나누다 보니
미소가 지어지고 편안히 잘 보낸 하루가 고맙다.

어느 날 어떤 인플루언서의 영상을 보게 되었다.
아이와 대화를 나누는 짧은 영상이고,
딸에게 행복이 뭐냐고 물으니
"마음에 걱정이 없는 거"라고 했다.
새로운 깨달음이었다.
영상 속의 일곱 살 아이에게서 해답을 찾은 것 같았다.

커다란 성공을 쫓으며 살아왔다.
마치 특별한 사건이 있어야만 삶이 충만해질 것 같았고
거창한 행복이 다가오기를 바랐다.

'사는 게 별건가'라며 살았지만
스스로 걱정이 쌓이게 한지도 모르겠다.
언젠가부터
아무 일도 일어나지 않는 평범한 하루에서
감사를 찾기 시작했다.

아침에 일어나서 기분 좋게 하루를 시작한다.
커피 한 잔으로 순간의 여유를 즐길 수 있는 것,
라디오에서 좋아하는 노래가 들려오는 것,
자연의 소리를 듣고 느끼는 것,
맛있는 점심 한 끼 먹을 수 있는 것,
작은 목표를 달성했을 때의 성취감,
하루를 마무리하며 편안한 공간에서
책을 보거나 TV를 보는 것,
온 가족이 건강히 보낸 하루,
맛있게 먹은 달콤한 쿠키 한 조각,
길을 걷다 만나는 예쁜 꽃 한 송이,

예상치 못한 할인으로 즐거운 쇼핑,

카톡으로 주고받는 소소한 대화들,

안부를 물어주는 지인들,

건강한 나의 몸과 마음

평범한 일상의 가치를 발견하며

감사하는 것이

행복을 만나는 법이었다.

기록하고 싶어서

감사 일기를 쓰기 시작했다.

다시 꺼내본 일기장엔

눈에 띄지 않았던 작은 행복들이 겹겹이 쌓여 있었다.

행복의 사전적 의미는

「생활에서 충분한 만족과 기쁨을 느끼어 흐뭇함,

또는 그러한 상태」이다.

하루의 끝에 감사한 일을 떠올리며

소중히 여기는 연습을 해보자.

일상의 작은 감사가 모여 큰 행복으로 이어질 것이다.

환갑에 떠난 소풍

우리 엄마는 초등학교만 다녔다.
외할머니의 부재로 어려운 가정 형편을 살펴야 했고
어린 동생 세명을 돌보아야 했기 때문이다.
많이 배우진 않았지만
우리 엄마는 누구보다 현명하고,
지혜롭게 인생을 살아오셨다.

그래서인지 동네 사람들,
주변의 일가친척들이 모두 따르고 좋아한다.
없는 집에 시집와서 궂은일을 하며 가정을 이끌어오셨다.
엄마의 헌신 덕분에 가족의 뿌리는 더 단단해졌고,
행복의 크기는 더 크게 자랐다.

고생하며 살아오신 엄마가 환갑이 되었다.

엄마의 희생과 사랑에 대한 고마움을
표현해 보고 싶어서 특별한 날을 만들기로 했다.

사남매 도시락 싸느라 고생한 엄마에게
교복 입고 도시락 들고 소풍가는 날을
선물해 드리고 싶었다.
그래서 엄마의 환갑잔치를
「교복 입고 환갑에 떠난 소풍」으로 정했다.

우리 4남매는 꽤 우애가 깊고 동생들이 잘 따라주는 편이다.
올케들도 사위들도 시댁이니 처갓집이니
따지지 않고 가족처럼 지낸다.
그래서 일을 진행하기가 수월했다.

나는 장소를 찾고, 큰 올케는 엄마의 직계 형제들,
아빠의 직계 형제들과 그 자녀들까지
교복을 대여하는 일을 맡았고,
작은 올케와 여동생은 답례품을 골랐다.
장소는 경기도 일산의 라이브 카페였고,
그곳을 통째로 대관했다.

드디어 소풍날이 되었다.
4월의 햇살은 따뜻하고 부드러웠다.
하늘은 맑고 바람은 살랑살랑 불어와
꽃잎을 살짝 흔들었다.
완벽한 날씨였다.

소풍을 온 그날의 인원은 모두 52명이었다.
교복을 편하게 입고 오실 수 있도록
각자 집으로 택배로 보내드렸다.

학생처럼 양 갈래머리를 하고
검은 구두를 신고 오라는 전화도 미리 드렸다.
교복을 입고 카페에 오신 어른들의 모습은
정말 학생이 된 듯했다.
얼굴엔 주름 골이 깊고 흰머리가 꽤나 많지만,
교복 입고 소풍을 떠나는 아이들처럼
내내 환한 미소를 지으셨다.

주인공인 우리 엄마는 생전 처음 교복을 입으셨다.
양 갈래머리를 하고 검은 구두를 신었다.
빨간 가방을 든 엄마의 모습이 귀엽고 예뻐 보였다.

어린 시절 꿈꾸던 여학생의 모습이었다.
기쁨과 감격이 섞인 감정이었을까?
뜨거운 눈물이 엄마의 볼을 타고 흘러내렸다.
엄마의 입은 웃고 있지만 눈은 울고 있었다.

눈물을 훔치는 엄마 모습에
아빠, 작은아빠, 작은엄마, 고모, 이모, 삼촌들까지
눈시울을 붉히며 서로의 눈물을 닦아주었다.

52명의 가족들이 교복을 입고
야외마당에서 사진을 찍고 있으니
지나가는 사람들이
무슨 촬영을 하냐고 물어볼 정도였다.

엄마, 아빠의 세대는 60년대 검은 교복을,
다음 세대인 우리들은 교련복과 세일러복을,
결혼을 하지 않은 어른들은 산뜻한 세일러복을 입었다.
주번, 전교회장, 당번, 반장, 퀸카 등의 완장까지 준비했고,
아이들도 교복 느낌으로 맞춰서 입혔다.
교복을 입고 사진을 찍는 것만으로도
그날의 52명은 웃음꽃을 활짝 피웠다.

소풍날 빠질 수 없는 레크리에이션도 준비했다.
포스트잇을 붙이고 얼굴 표정을 일그러트려 떨어트리기,
개인 댄스대회, 부모님들의 빼빼로 먹기 대회,
풍선 불어서 안고 터트리기, 장기자랑 등
열정적으로 참여하시는 모습에 배꼽이 빠져라 웃었다.

적당히 취기가 오르니 흥이 절정이다.
노래방 기기가 있어 모두의 흥이 활활 타올랐다.
온 가족이 함께 노래를 부르며 몸을 흔들어
마치 하나의 큰 디스코 볼이 되어
반짝이는 순간을 만들어냈다.

환갑인 만큼 생일 축하 노래를 불렀고,
큰 절을 올렸더니 여기저기서 눈물을 흘리며
자식들을 따뜻하게 안아주었다.
그렇게 소풍은 웃음과 행복의 눈물로 마무리가 되었다.

그 후, 온 가족이 몇 날 며칠을
교복 파티에서 헤어나질 못하고
사진과 영상을 보며 그날을 떠올리셨다고 한다.

사진에 담긴 어른들의 얼굴에는

어린아이의 순수한 웃음이 가득 담겨 있었다.

모두가 오륙십 년을 살아오신 분들이다.

수많은 인생의 날 속에 이렇게 환하게 웃었던 날들이,

소년, 소녀처럼 즐겼던 날들이 얼마나 될까?

어려운 살림살이를 일으키기 위해

성실하게 살아온 덕분에

자녀 세대는 더 나은 환경에서 꽃을 피우고 있다.

세월의 흔적이 담긴 투박한 손과 발에는

수많은 고난과 역경을 이겨낸 강인함이 있다.

환갑을 소풍으로 만들었던

우리 사남매는 뿌듯했고,

이런 날을 자주 만들자고 이야기했다.

환갑에 떠난 소풍은

우리 가족 모두에게 잊을 수 없는 날이 되었다.

아끼다 똥 된다

아버님이 돌아가시고 몇 년 후,
어머니는 시골생활을 정리했다.
자식들이 내려가서 어머님의 이삿짐을 싸기 시작했다.

남자들은 집 바깥을 정리했고,
형님들과 나는 집안을 정리했다.
그릇을 정리하던 중
혼수품으로 보낸 식기세트가 있었다.
장식장 깊숙이 잘 보관된 걸로 봐서는
사용을 하지 않은 것 같았다.
어머니에게 여쭈었더니,
내가 결혼하고 첫 밥을 지어드릴 때 한번 썼고
그 후론 한 번도 꺼낸 적이 없다고 하신다.
너무 아까워서 못 쓰셨다고 한다.

장식장 안에 귀하게 모셔진 그릇이라도
10년의 세월이 지난 그릇엔
세월 품은 묵은 먼지가 묵직이 쌓여있었다.
옷장 안에는 어버이날 보내드린 아버님의 개량한복,
생일날 보내드린 속옷이
포장지만 벗겨진 채로 모셔져 있었다.
형님들이 보낸 다른 선물들도 꽤 많았다.
역시나 포장지만 벗겨진 새 제품 그대로였다.

어머님의 옷장 안은 오랫동안 방치된
보물 상자를 여는 것 같았다.
쌓여만 있는 선물들을 보는 순간
어머님에 대한 원망의 마음이 솟구쳤다.

아버님은 뵐 때마다 목 부분이 늘어난
작은 구멍이 몇 개 생긴 낡은 러닝셔츠를 입고 계셨다.
구멍이 커지면 걸레로 사용되는
아버님의 러닝셔츠는 2~3개였던 것 같다.
개량한복은 한 벌인 듯 매번 같은 옷만 입으셨다.
그렇게 좋아하셔서 개량한복을 보내드렸는데
새 옷은 한 번도 입어보지 못하고

예고도 없이 영원한 안식에 들으셨다.
아버님의 유품들은 새것이어도
그렇게 불길 속으로 사라져 갔다.

'아끼다 똥 된다'는 말이 있는데
옷도 그릇도 그들의 역할을 해보지도 못하고
쓸모없게 된 것이다.
속상한 마음을 남편에게 털어놓았다.

"이것도 새건데 하나도 안 쓰셨네,
어머님 도대체 왜 이러시는 거야?"
"안 쓰니까 보내지 말라고 했잖아!
우리 엄마가 원래 그래, 엄청 짜다.
아버지가 엄마 때문에 고생 많이 했지."
남편도 돌아가신 아버님이 안쓰러웠는지
서운한 마음을 비쳤다.

짐을 싸고 서울로 오는 길에 많은 생각이 들었다.
어머님도 아버님이 예고 없이 그렇게 빨리
영면하실 줄 몰랐을 테고,
아버님의 보증으로 수년간을 빚을 갚느라

정말 허리띠를 조르고 조르며 갚았다고 들었다.

뭐든 아끼지 않으면 살기 어려운 시대를 사신 것이다.

그래야만 빚에서 벗어날 수 있고,

자식들 먹여 살릴 수 있기에

아끼는 습관이 당연했는지도 모른다.

그렇게 아껴서 자식 주려고 했는지

빚 한푼 없이 두 아들 집 장만해 주신 덕분에

내 집에서 결혼생활을 시작했다.

그것이 밑천이 되어 더 넓은 집을 살 수 있었다.

어머니라고 예쁜 그릇 싫어하고

새 옷 싫어하는 사람이었을까?

어쩌면 그 시대 모든 부모님들이

가난을 대물림하지 않으려

아끼는 삶을, 본인들만 고생하는 삶을

선택하신 것일 수도 있다는 생각이 들었다.

나는 예쁜 그릇을 꺼내 쓰고 새 옷은 먼저 꺼내 입는다.

맛있는 음식, 귀한 음식은

아끼는 것보다 맛있게 즐기는 것이 더 중요하다.

마음도 마찬가지다.

미안함이나 사랑의 표현, 격려의 말들은
과감히 아끼지 않고 해야 한다.
좋은 날에 좋은 모습으로 전하려고 하다 보면,
가장 슬픈 순간에 그 말을 전하지 못할 수도 있다.

신선한 과일이나 음식도
아끼다 보면 결국 상하거나 썩어버린다.
옷이나 신발을 지나치게 아끼면
유행이 지나가거나 상태가 나빠져 쓸모없게 된다.
좋은 물건들은 아끼기만 하고 사용하지 않으면
효용가치가 떨어져 버려지는 상황이 생기기도 한다.

그러니 쓸 때는 마음껏 쓰고
표현할 때는 솔직하게 전달하며 살자.

진짜 어른이 된다는 것

매주 수요일은
옆 동네 아파트 장이 서는 날이다.
야채, 생선, 과일, 반찬, 족발, 치킨, 두부, 옷가게, 분식 등
먹을거리, 볼거리가 풍부하다.
그래서 아파트 옆 동네 사는 사람들까지도 구경을 온다.

나도 퇴근길에 장을 보고
저녁거리를 사기 위해 장터에 들렀다.
저녁 무렵이라 그런지
여기저기 사람들이 북적거린다.

퇴근길에 들른 직장인들,
유치원에서 돌아온 아이들이
엄마 손을 잡고 있는 모습,

학원이나 학교가 끝나고
간식을 사러 오는 초중고 학생들까지
장터는 시끌벅적하다.
사람들의 웃음소리와
따뜻한 대화가 오가는 풍경이 꽤나 정겹다.

장터에서 신선한 야채를 구입하고,
저녁으로 먹을 떡볶이와 순대, 튀김을 샀다.
그리고 아이들이 좋아하는 타코야키를 사기 위해
발걸음을 옮겼다.

앞에 한 분이 줄을 서 계신다.
할머니와 아줌마의 중간 어디쯤 돼 보인다.
나도 그 뒤에 줄을 섰다.
분식집에서 어묵을 드시고 국물을 담아 오셨나 보다.
호로록 마시면서 주문한 음식이 나오길 기다린다.
그런데 국물을 마신 후, 종이컵을 바닥에 휙 던지는 거다.
그리고 아무렇지 않게 주머니에 손을 넣은 채
여전히 기다리고 있다.

나는 그 모습을 보고 그냥 넘어갈 수가 없었다.

"종이컵 주우세요.
여기가 쓰레기통은 아닌데요?" 라고 말했다.
할머니는
"아니 그럼 어디다 버려요? 내거 아니에요."라고 말한다.
나는 다시 단호하게 말했다.
"할머니가 드시던 거니 할머니 거예요. 주우세요!"
그러자 할머니는 종이컵을 줍더니
타코야키 가게의 선반에 올려두고
주문한 음식을 받아들고는 황급히 그곳을 빠져나갔다.

그렇게 가는 할머니의 발걸음에는
창피해서인지 내가 건넨 말에 화가 나서인지는
알 수 없었다.
다만 그 뒷모습은 못나 보였다.
주변엔 몇 명의 아이들도 있었고,
그 모습은 정말 부끄러웠다.

사실 요즘 이런 일을 자주 목격한다.
식당에서 믹스커피 종이컵 들고나오다가
길바닥에 휙 던지는 어른,
담배 피우고 바닥에 담배꽁초 던지고 가는 어른,

놀이터 옆에서 술잔을 기울이며
쓰레기를 그대로 두고 가는 어른,
지하철 탈 때 내리지도 않은 사람들을
밀치며 들어오는 어른,
나이가 많다는 이유로 식당이나 카페, 공공장소에서
반말로 큰소리로 떠드는 어른,
아이를 태우고 가면서
창문 열고 도로에 쓰레기를 버리는 어른,
대기줄을 무시하고 다른 사람들 앞에 끼어드는 어른,
거칠고 교양 없는 행동을 일삼는
어른들의 모습은 너무나도 많다.

나이만 먹는다고 어른이 되는 것은 아니다.
제대로 된 어른은
어른 대접을 해달라고 요구하지 않는다.
그냥 어른답게 행동할 뿐이다.

언제가 아이들이
"엄마, 그렇게 하면 안 되는 거 아니야?"라고
말했던 순간들이 떠올랐다.

생각해 보니
그때의 나도 미성숙한 행동을 했던 것 같고,
그 부분을 인정하지 못하는 태도를 보였었다.
부끄러웠다.
그리고 '성장하는 어른이 되어야지!'라고 다짐했었다.

사회에서 정한 성인의 기준은 만 19세이다.
그들이 어른이라고 주장할 때,
진정으로 어른으로서의
품격을 갖추고 있는지 의문이 든다.

어른이라고 한다면 생물학적 나이가 아니고,
삶을 대하는 태도와 책임감,
성숙한 품격을 갖추어야 하지 않을까?

나는 겉모습만 어른이 되고 싶지 않다.
진짜 어른이 되고 싶다.

틈을 내는 것도 괜찮다

열심히 살아야 잘 산다고 배웠다.
바쁘게 움직여야 돈이 따라온다고 들었다.
나는 돈도 많이 벌고
아이들도 잘 키우고 싶은 욕심에
쉬지 않고 일을 했다.

일과 육아를 병행하며,
주말마다 아이들을 위한 다양한 체험을 예약하며
쉴 틈 없이 달려왔다.

부족한 일은 아이들을 재우고
새벽까지 이어가며 해결하곤 했다.
그렇게 아등바등 살아도 크게 달라지는 것은 없었다.

통장의 잔고는 제자리였고,
오히려 미래에 대한 불안감이
나의 행복을 뒷걸음질 치게 했다.
피곤한 몸은 수면 부족으로 감기몸살에 시달렸고,
한 달에 한 번씩 링거를 맞으며 지낸 날들이 많았다.

방전된 배터리를 충전하듯
링거는 잠시 나에게 에너지를 주었고,
그렇게 또 한겨울을 무사히 보내는가 싶었다.

그러나 이번엔 외상 없는 통증이 눈으로 찾아왔다.
그 통증은 점점 강해졌고,
진통제를 먹어도 호전되지 않아 괴로웠다.
며칠 후, 눈 주변으로 수포가 생겼고
그 수포는 계속 번져갔다.

안과를 방문했더니 의사는 '대상포진'이라고 했다.
그리고 피부과를 가라고 안내해 주셨다.
피부과에서 진료를 받으며 전문의의 경고를 듣고,
나는 충격을 받았다.

눈으로 온 대상포진은 시력을 상실할 수도 있다며
진료를 잘 받고 휴식을 취하라고 했다.
수포야 사라지면 그만이지만
시력을 잃을 수 있다는 말은
나에게 깊은 두려움을 안겨주었다.
약 일주일 정도 링거를 맞으며 광선치료를 병행했다.
적당한 수면을 했더니 수포도 사라지고 진통도 사라졌다.
나는 생애 첫 대상포진을 겪었다.
링거를 맞으며 병원 침대에 누워있을 때
많은 생각이 들었다.

나는 과연 얼마나 대단한 인생을 살려고
이를 악물었을까?
그 흔한 드라마 한편 여유 있게 보지 않았고,
남들 다 보는 영화 한 편 제대로 즐기지 못했다.

늘 부족하다고 느끼며 살았기에,
소파에 누워 지내는 시간은 사치라고 여겼다.

힘 좀 빼고 산다고, 틈 좀 준다고
무너지거나 쓰러지지 않는데 말이다.

대상포진이 말끔히 낫고
나는 잠시 멈춤의 시간을 보냈다.

삶의 속도를 조절하며, 자고 싶을 때 자고,
놀고 싶을 때 놀고, TV도 여유 있게 보며
그렇게 늘어진 시간을 보냈다.
그런데 그렇게 보내도 뒤처지거나 불행해지지 않았다.

오히려 몸이 편안해지니 기분이 좋아졌고,
여유를 가지며 생각을 하는 시간은
더 풍요로운 결과들을 만들어 냈다.

그 후론 바쁜 일상을 보내다가도
일부러 틈을 내는 시간을 갖는다.
햇살의 따스함을 느끼고, 깊은숨도 들이쉬며,
마음의 소리에 귀 기울인다.

마음속의 잡다한 것들,
일어나지 않을 걱정이나
근심을 잠시 내려놓으며
여유를 찾아본다.

틈을 통해 비우고 채우는 것이
제자리를 더욱 견고하게 지키는 방법이라는 것을
알게 되었다.
틈을 내는 것도 괜찮다.

나는 쓰는 사람이 되기로 했다

ⓒ 윤정화 김미현

발행일 2025년 02월 14일
지은이 윤정화 김미현

발행처 인디펍
발행인 민승원
출판등록 2019년 01월 28일 제2019-8호
전자우편 cs@indiepub.kr
대표전화 070-8848-8004
팩스 0303-3444-7982

정가 15,000원
ISBN 979-11-6756664-5 (03810)